指輪物語

「中つ国」のうた

J.R.R.トールキン

瀬田貞二・田中明子◎訳　アラン・リー◎挿画

評論社

POEMS FROM THE LORD OF THE RINGS

by J.R.R. Tolkien
illustrated by Alan Lee

Originally published in English by HarperCollins Publishers Ltd. 1994
under the title: POEMS FROM THE LORD OF THE RINGS

All colour illustrations originally published in 1991 in a new edition of
THE LORD OF THE RINGS by J.R.R. Tolkien, illustrated by Alan Lee

Published by arrangement with HarperCollins Publishers Ltd., London
through Tuttle-Mori Agency, Inc., Tokyo

指輪物語「中つ国」のうた◎目次

旅の仲間

二つの塔

王の帰還

◎登場する主な人物

白の勢力

ホビット……背丈が一メートルにもみたない種族。陽気で社交的。日ごろは平安を好むが、一度、事が起こると思わぬ勇気と持久力を示す。

フロド……『指輪物語』の主人公。ビルボから金の指輪を譲られる。裂け谷の会議の席上、指輪所持者に指名される。

ビルボ……かつて、ドワーフのトーリンらと「はなれ山」を目指す旅の途中、金の指輪を手に入れた。フロドを養子にする。

サム……フロドを敬愛している袋小路屋敷の庭師。旅の仲間。

ピピン……フロドの親戚で、年若な親友。旅の仲間。

メリー……フロドの親友にして、またいとこ。旅の仲間。

エルフ……中つ国で、最初に命を受けた者たち。この世では、殺されるか自ら悲嘆して死ぬ以外は不死の命をもつ、最も美しい種族。

エルロンド……半エルフ。航海者エアレンディルの息子。裂け谷の領主。「風の指輪」の持ち主。

アルウェン……エルロンドの娘。ガラドリエルの孫。エルフ族の夕星と呼ばれる美しい姫。

ガラドリエル…モルゴスと戦うべく中つ国に戻ってきたノルドール族の指導者の一人。ロスローリエンの奥方。「水の指輪」の持ち主。

ケレボルン……「銀の木」を意味する。ガラドリエルと結婚し、のちにロスローリエンの領主となる。

レゴラス……「闇の森」のエルフ王スランドゥイルの息子。旅の仲間。

ドワーフ……ホビットより背丈が高く、がっちりしていて頑固なつむじ曲がりの種族。耐久力にすぐれ、手の技、石の扱いに長《た》けていた。

グローイン…かつて、ビルボとともにはなれ山に旅をしたドワーフの一人。

ギムリ………グローインの息子。ドワーフを代表して指輪の一行に加えられる。旅の仲間。


エント………………上古より続く種族。樹木の牧者の巨人。エルフからことばを話すことを習った。

木の鬚《ひげ》（ファンゴルン）…エントの最長老。ファンゴルンの森の守護者。

ブレガラド………ファンゴルンの森のエントの一人。「せっかち」の意。

魔法使………冥王《めいおう》サウロンに抗すべく西方から遣わされた聖なる者。

ガンダルフ…旅の仲間の導き手であった。ガンダルフにとって指輪をめぐる戦争は、サウロン滅亡を志す戦争でもあった。「火の指輪」の持ち主。

歴史上の人物
エオル………エオセオド国の君主だったが、ゴンドールを救援した返礼として、カレナルゾンの地が与えられ、ローハン国初代の国王となる。
エレンディル…大海に没したヌーメノールから逃れ、二人の息子とともにアルノールとゴンドールの両王国を創設。のちに、ギル＝ガラドとともにサウロンと戦ってサウロンを滅ぼすが、討ち死にする。

人間……………**第一紀の太陽が昇ったのち「あとに続く者」として目覚めた。有限の命をもつゆえに、エルフに比べ、心身ともに脆弱。**

アラゴルン（馳夫《はせお》）…野伏《のぶせ》（野に起き伏し、人々の平和を守っている集団）の首領。実は、エレンディルの末裔。旅の仲間。

セオデン………ローハン国第十七代国王。妹の子エオメルとエオウィンを引き取って育てた。

エオメル………ローハン国東谷の領主エオムンドと、セオデン王の妹セオドゥインの息子。戦場で斃《たお》れたセオデン王の後を継いで、ローハン国王となる。

エオウィン………ローハンの姫君。セオデンの姪で、騎士に姿を変え王にひそかに従う。エオメルの妹。

ボロミア………ゴンドールの執政デネソールの長子。旅の仲間。

ファラミア………ボロミアの弟。文武両道に優れる。

動物

グワイヒア……霧ふり山脈の高峰に棲む大鷲《おおわし》の王。ガンダルフの盟友。中つ国がまだ若いころ、大鷲の王だったソロンドールの子孫。

白の勢力に心寄せるものたち

トム・ボンバディル…中つ国に生きる者の中で最古の存在。古森の主。誰にも支配されることがない。

ゴールドベリ………川の女神の娘。トム・ボンバディルとともに暮らす。

闇の勢力

冥王《めいおう》サウロン………上古の大魔王モルゴスの片腕だった。第二紀末、エルフと人間の最後の同盟軍に滅ぼされるが、今またモルドールに拠《よ》って、絶大な勢力を誇る。

サルマン…………かつては白の会議の主宰者で魔法使たちの長であった。指輪の研究をするうちに、一つの指輪を所有しようとの野心に取り付かれ、堕落する。

グリマ（蛇の舌）…人間。セオデン王の相談役だが、実はサルマンに通じている。

オーク……上古の大魔王モルゴスによって作り出された種族。彼に捕えられ、堕落させられたエルフから作られたとも言われ、醜悪で残忍。

その他

ゴクリ……ホビット族の三つの支族の一つストゥア族の出身。友人のデアゴルを殺して指輪を奪い、長い間霧ふり山脈の下にひそみ、ビルボに拾われるまで指輪を所有していた。今なお、指輪を渇望している。のどを激しく鳴らしてつばを飲み込む癖があるためこの名がついた。

指輪物語「中つ国」のうた

装幀／川島　進（スタジオ・ギブ）
編集協力／田村伴子

旅の仲間

ビルボの旅立の歌

長年にわたって不思議な金の指輪を所有していたホビット族のビルボ・バギンズ。ホビット庄のみんなから「持ちのいい人」といわれていた彼も、今やひしひしと老いを感じる身となっていた。そこで一一一歳の誕生日を機会にすべてを養子のフロドに譲り、再び旅に出る決意をする。

しかし、指輪を手放すのは何よりもつらいことだった。大掛かりな誕生日祝いを催《もよお》したのも、指輪を失う悲しみを少しでも和《やわ》らげるためだったのだから。魔法使のガンダルフの助けを借りて、やっと指輪をあきらめたビルボは、今や晴れやかな気持ちで歌いながら旅に出かけていくのだった。

道はつづくよ、先へ先へと、
戸口より出て、遠くへつづく。
道はつづくよ、さらに先へと、
道を辿《たど》って、わたしは行こう、
はやる足をふみしめながら、
いつかゆきあう、より広い道へ、
多くの小道と多くの使命が、
そこに落ちあう、より広い道へ。
そこからさきは、わたしは知らぬ。

エルフに伝承される「力の指輪」にまつわる詩

長い間音沙汰のなかったガンダルフがホビット庄に戻ってきた。指輪の正体について大体のところを探り当て、最後の一ためしのために帰ってきたのだ。ガンダルフは指輪を暖炉《だんろ》の火に投げ入れた。するとそこに浮かんできたのは次の詩句の一部だった。フロドの指輪は冥王《めいおう》サウロンがモルドールの滅びの山で鋳造《ちゅうぞう》した「一つの指輪」だったのだ。

三つの指輪は、空の下なるエルフの王に、
　七つの指輪は、岩の館《やかた》のドワーフの君に、
九つは、死すべき運命《さだめ》の人の子に、
　一つは、暗き御座《みくら》の冥王《めいおう》のため、
影横たわるモルドールの国に。
　一つの指輪は、すべてを統《す》べ、
　一つの指輪は、すべてを見つけ、
　一つの指輪は、すべてを捕《とら》えて、
　　くらやみのなかにつなぎとめる。
影横たわるモルドールの国に。

歩く歌

自分がこのホビット庄に留まれば、ここを危険にさらすと悟ったフロドは、指輪を携えホビット庄を後にする決意をした。フロドは、バック郷に引越しをすると、周囲に触れておく。

好天に恵まれた夏が過ぎ、実り豊かな秋を迎えた九月二十三日の黄昏時《たそがれ》、いよいよフロドの旅立ちだ。フロドを敬愛する庭師のサムと、フロドの親戚で親友のピピンの三人連れ。途中、どうやら一行を追跡しているらしい不気味な「黒の乗手」の気配におびえはしたものの、根が陽気なホビットたちは歌いながら旅を続ける。

炉端《ろばた》に、火が赤く、
屋根の下、ベッドあり。
けれどまだ、足はつかれない。
角《かど》を曲がれば、まだあるだろうか、
われらの他に見た者のない、
ふいの立木が、たて石が。
木に花に葉に、草そよぐ原、
そのままゆこう、そのままゆこう!
空の下には、山と川。
通りすぎよう、通りすぎよう!

角を曲がれば、待ってるだろうか、
新しい道が、秘密の門が。
今日はこの道、す通りしても
明日またこの道、来るかもしれぬ。
そして隠れた小道を通り、
月か太陽へ、ゆくかもしれぬ。
りんごにさんざし、くるみにすもも、
通りすぎよう、通りすぎよう！
砂場に石場に、池に谷、
さらばよ、さらば！

わが家は後ろ、世界は前に、
ふむ道、小道、数多く、
影をくぐって、夜ふけるまで、
星くずがみな、光るまで。
それから世界を後ろ、わが家を前に、
なつかしのベッドを慕い帰る。
霧に黄昏《たそがれ》、雲に影、
消えよ、薄れよ！
暖炉《だんろ》にランプ、肉にパン、
それから寝よう、それから寝よう！

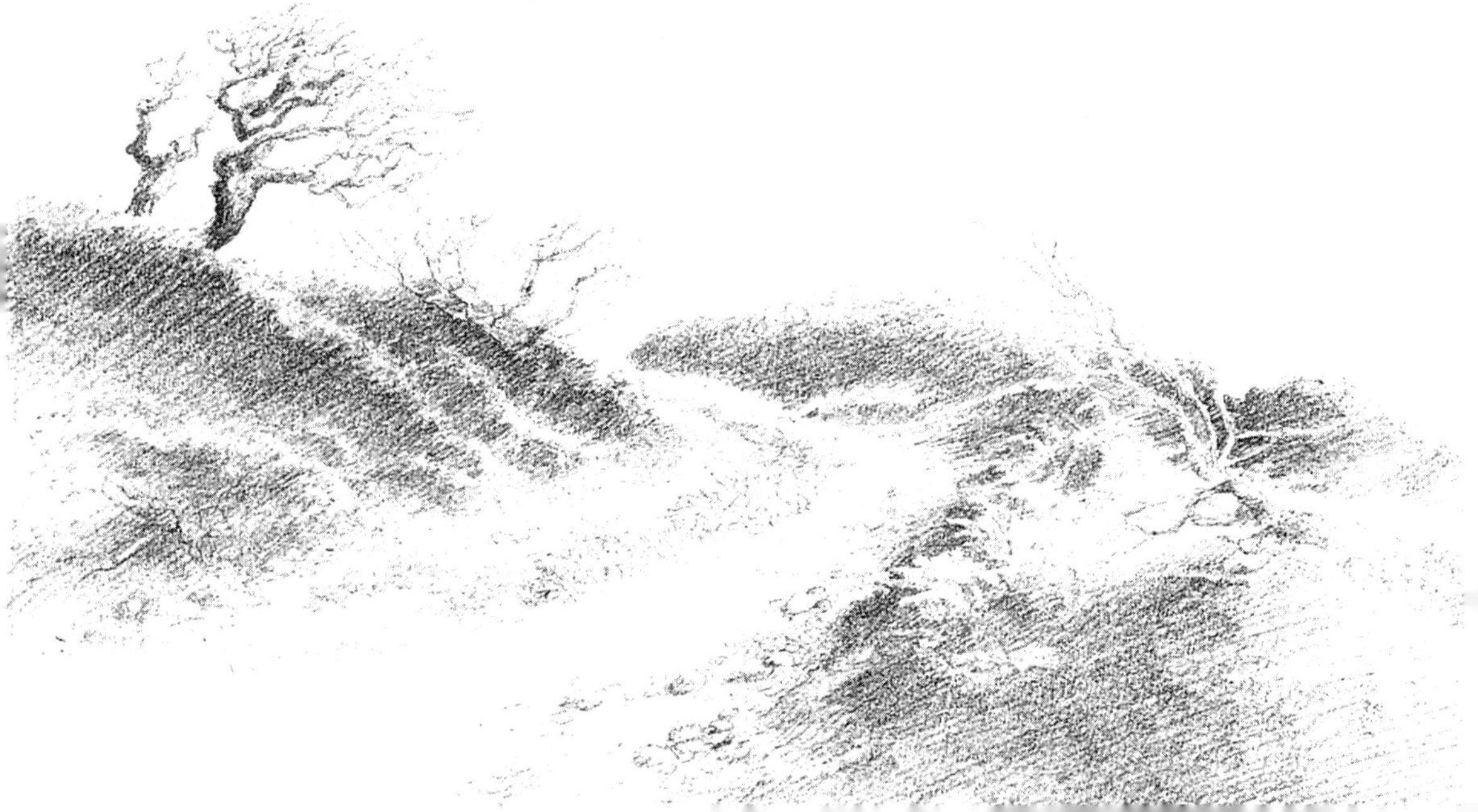

ヴァルダへ捧げる歌

黒の乗手に追跡され、身を隠すフロドたち。しかし乗手たちは一行が隠れている林へ、そろりそろりと近づいてくるではないか。あわやというその瞬間、歌に笑いの入り混じった声が聞こえてきた。澄んだ声が星明かりの空気をふるわせて歌っている。これを聞いた黒い影は、馬にまたがって反対側の闇の中に消えていった。

それはエルフの歌声だった！　春や秋、遠くの自分たちの土地を出て、エルフたちはこの辺りをさ迷い歩いていることがあるのだ。フロドたちが聴いた歌は……

雪のように、まっしろな、きれいなあなた！
西の海のかなたにおわす后《きさき》さま！
木々の枝交わすこの地のわれらが、
はるかに慕う、光の君よ！

おお、ギルソニエルよ！　エルベレスよ！
あなたの眼は澄み、吐く息は光る！
雪のように、まっしろなあなたに、
海のかなたから、ほめ歌をうたう。

陽の昇らぬ年に、かのひとの光る手で、

星々は空にまかれた。
風吹く原に明るくきよく、
あおぐは、あなたの白銀の花。

おお、エルベレスよ！　ギルソニエルよ！
この遠い国の木々の下に住んで、
いまもなおおもい出すのは、
西の海に輝くあなたの星の光。

＊エルベレスとギルソニエルはともに、マンウェの配偶者で星々のつくりてであるヴァルダをさすシンダール語。

酒の歌

翌朝、目が覚めると、エルフたちは立ち去った後だった。心せくままフロドは、バックル村の渡し場まで、野原を突っ切っていく道をとろうとした。するとまたしても、背後に黒の乗手の影が。大急ぎで茂みに身を隠したフロドたち。でも、ホビットたちに深刻な思いは長く続かない。追っ手をやり過ごしたと知るや、エルフたちが残してくれた飲み物を飲んで意気軒昂《けんこう》、三人は歌い始めた。

ホ、ホ、ホーッ！　酒瓶《さかびん》をとろうよ、
心をいやし、憂《う》さをはらうために。
雨も降ろうし、風も吹こうさ、
ゆくては、まだ何マイルもある。
けれど大きな木の下にねて、
雲がすぎてゆくのを、待つとするさ。

湯あみ歌

バックル村の渡し場で、親戚で親友のメリーの出迎えを受けたフロド一行は、ブランディワイン川を船で渡り、掘窪《ほりくぼ》にあるフロドの新しい家にやっと落ち着いた。疲れ切った旅人たちを待っていたのは、熱いお風呂！　フロド、サム、ピピンの三人は大喜びで入ることにする。これは、ビルボがよく歌っていた湯あみ歌。

歌えよ、ヘイ、一日の終わりの湯あみの歌を、
つかれたからだを洗い流して！

歌わない者は、いかれてござるぞ。
ああ、熱い湯は、貴いものよ!

おお、降りそそぐ雨の音は、よきかな!
山からたばしる、せせらぎの音も。
だが雨よりもせせらぎよりも勝るのは、
湯気たちこめる熱い湯の音よ。

ああ、かわいた喉《のど》にのみくだす、
つめたい水の、こころよさよ!
だが、ビールならさらによい。
飲みものがなけりゃ、それ、湯で背を流そう。

おお、空の下、高くほとばしる、
白い泉は、じつに美しい!
だが、泉のひびきより気持ちのいいのは、
足にあびせる、熱い湯の音よ!

メリーとピピンが作った出発の歌

お風呂に続いて、楽しい夕食。しかしそれが終われば、フロドは一同に別れを告げねばならない。フロドがどう切り出そうか悩んでいると、驚いたことにメリーたちはフロドの計画ばかりか、指輪のことさえも知っていた。みんなは、フロドが裂け谷《だに》へむかうのを止めるのではなく、おぞましい敵からの逃避行《とうひこう》を全力を挙げて助けたいというのだ。それも、フロドへの友情と敬愛ゆえに。感動したフロドは、とうとうみんなの申し出を受けることにする。こう決まると、メリーとピピンがこの日のために作っていた歌を歌った。

煖炉《だんろ》と広間に、別れを告げよう！
風が吹こうと、雨が降ろうと、
夜明け前には、発たねばならぬ、
森を越え、高い山を越えて、はるかに。

今もエルフの住む、裂《さ》け谷《だに》へ、
霧まく谷の森の空地へ、
荒れ地をわたる馬を進めよう。
そのさきの行方は、さらにわからぬ。

行く手には敵、後ろには恐怖、

大空の下が、われらの寝床、
われらの辛苦が、すぎるまで、
旅が、使命が、果てるまで。
行かねばならぬ、行かねばならぬ、
夜の明ける前に、馬にうちのって。

トム・ボンバディルの歌

出発は、あくる朝の夜明けと決まった。敵に見張られている危険のある街道は避けて、古森を抜ける道を通るのだ。古森とは、何が住んでいるかわからないと、とかくうわさされる場所だった。森に分け入った一行は、森の悪意に取り巻かれ、すっかり方向感覚を狂わされてしまう。やっとのことで枝垂川《しだれ》にたどり着くと今度は、耐え難い眠気に襲われた。それは古柳のしかけたわなで、メリーとピピンは柳じじいに捕《とら》われてしまった。サムに起こされたフロドが絶望的な気持ちで助けを求めていると……聞こえてきたのは、

そら、ラン！　楽しや、ロン！
ラン、ロンと鳴らせ！　鐘を。――

うて、ドン！　とべ、ポン！
さやさやなるは、柳。
トム、ボム、陽気なトム・ボンバディル。

最初とりとめもない歌に思えたものは、突然はっきりとこんな歌に聞こえた。

さあ！　楽しくやろうよ、ラン！
陽気に、リン！　いとしい者よ！
風はふくよ、そよと、
椋《むく》はとぶよ、ひらと。
日をあびて、丘の麓《ふもと》をめぐれば、
涼しい星を待って、戸口に立つは、
わが美しのひと、川の女神のおとめよ。
柳の枝のようにすらりとして、
流れよりも清らかなひとよ。
トム・ボンバディルは、水蓮を家苞《つと》に、
跳《は》ねはね帰る。聞こえるかい、その歌が。
さあ！　楽しくやろうよ、ラン！
陽気に、リン！　楽しく、ラン！
ゴールドベリ、ゴールドベリ！
黄金《こがね》色の木の実、リン！

あわれな柳のじじいよ、根をひっこめろ！
トムはお急ぎで家へお帰り。
昼のあとに、夜が来る。
トムはとびながら帰る、
水蓮の花を家苞にして。
さあ！　楽しくやろうよ、ラン！
わたしの歌が、きこえるかい？

現れたのはトム・ボンバディルと名乗る不思議な人物。背丈はホビットよりは高いものの大きい人族ほどではなく、帽子に青い羽を刺し、青い上着を着て、黄色い長靴を履《は》いている。長い顎鬚《あごひげ》は茶色だった。トムは早速柳じじいに呑み込まれそうになっているメリーとピピンを救い出してくれ、一行を自分の家に招いてくれたのだ。トムはみんなの先に立ち、踊るような足取りでひょいひょいとんで行きながら、こんな歌を歌っている。

どんどん跳んでこい、小さな友たち、
枝垂《しだれ》川をかけてこい。
トムは、先にいくよ、
蠟燭《ろうそく》をともすために。
日は西に沈む、そら、
君たちは、手さぐりで歩く。
夜の影が落ちる時、戸口はひらく。

窓から明かりが黄色くまたたく。
黒い榛《はん》の木を恐れるな、
老いぼれ柳を気にするな、
根っこも枝も、こわがるな。
トムが、みんなの先払い。
さあ、おいで！　楽しくやろう！
みんなの来るのを待ってるよ。

フロドたちがやっとトムの家にたどり着くと、家の中からこんな歌声が響いてきた。ずっと先に着いていたトムの歌声だ。

さあ！　楽しくやろうよ、ラン！
ひょいひょい跳んでこい、皆の衆！
ホビットたちよ！　小馬もおいでよ！
わしらは、会が大好きだ。
さあ、ゆかいにやろう！
いっしょに歌おう！

ビルボの暮らした袋小路屋敷

フロドに指輪の正体を明かすガンダルフ

黒の乗手から危ういところを救われ、エルフたちと森でくつろぐフロド一行

トム・ボンバディルの家

川の娘ゴールドベリの歌

その時、別の澄んだ歌声が響き渡った。美しい銀のような歌声が、一行を出迎えたのだ。

さあ、歌い始めましょう。さあ、ご一緒に。
日と星と月、霧と雨、雲多い日のことを、
芽吹きの光、羽根の露を、
草山の風、荒野のつりがね草を、
木陰の池の辺の芦《あし》と、
水に浮く水蓮を、うたいましょう。
トム・ボンバディルと川の娘よ！

川の娘を讃《たた》える歌

家の中に足を踏み入れた一行が目にしたのは、エルフの女王かと見まごうばかりに美しい女の人だった。トム・ボンバディルとともに暮らす川の娘、ゴールドベリ。フロドは自分でも理解できない喜びに満たされて、口を切った。

おお、柳の枝のように、すらりとした、
おお、澄んだ水より、澄みきった、
おお、さやぐ池の辺の芦《あし》よ、
美しい川の娘よ！
おお、春と夏、そしてまためぐりくる春！
おお、滝つ瀬の風よ！
木の葉の笑いさざめくさやぎよ！

トム・ボンバディルの歌

家の裏手のどこかからトムの歌声が響いてきた。

トム・ボンバディルは、陽気なじいさん。
上着は派手な青で、長靴は黄よ。

トムが答えて歌う

長い時間をかけた愉快な食事がすんで、とうとう寝る時間になった。フロドは思い切ってトムに、助けに来てくれたのは自分の呼び声が聞こえたからなのかと、質問する。トムの答えは……

わたしは、あそこに用があった。
水蓮の花を摘《つ》むために、
美しいあのひとを喜ばす、
緑の葉をもつ白い水蓮を。
今年最後の花を摘もう、
この冬を越して、雪がとけるまで、
あのひとの美しい足もとに、
また花咲かすために、
年ごとの夏の終わりに、あの人のために、
枝垂《しだれ》川のはるか下手の、
深く澄んだ広い淵に、水蓮を探しにゆく。
春、先がけて咲き、
夏は最後まで咲き残る、
その淵《ふち》のそばで、むかしわたしが見つけたのは、

藺草《いぐさ》のなかにすわっていた、
美しい若いゴールドベリ、川の娘よ。
その時もかのひとの歌声はやさしく、
かのひとの胸は、高なっていた！

トムは、ふと眼を光らせて客たちのほうを見た。

それがあなたがたに、よい事になったね。
なぜって、わたしはもう森の川ぞいに
遠く下手へいきはしないもの、今年のうちは。
それに柳じいさんの住居《すまい》によりはしないもの、
楽しい春が来るまでは。
春になれば、それ、川の娘が、
踊りながら、うねうね道を駆《か》けおりて、
流れの水で水浴びをするだろう。

古旅籠《はたご》の歌

トムの家で楽しい二日を過ごした一行は、あくる朝出発した。しかし塚山で危難に遭《あ》い、再びトムに救出される。一緒に行ってほしいというフロドたちの願いを断ったトムは、ブリー村の「躍る小馬亭」という旅籠《はたご》に泊まることを勧めてくれた。

躍る小馬亭に到着し、おいしい食事とビールで気をよくした一同は、旅籠のほかの泊り客に歓迎されるままおしゃべりを始める。とくにピピンはすっかり寛《くつろ》いではしゃぎだし、危険も忘れ去った様子。その時「馳夫《はせお》」と名乗る得体の知れぬ人物から、何とか手を打たないと、とんでもない羽目になると忠告される。みんなの注意をピピンからそらすつもりで、フロドはこんな歌を歌い始めた。

灰色の山の麓《ふもと》に、宿屋があってさ、
　それは愉快な、古旅籠《はたご》だったさ。
そこのビールは茶色で、のみごろ。
そこである晩、月の男が、
　存分《ぞんぶん》のもうと、降りて来たとさ。

宿のかい猫、一杯機嫌《きげん》でさ、
　五弦の胡弓《こきゅう》を、かきならしたさ。
弓は走るよ、ゆきつもどりつ、

キキキときしむやら、ルルルとうなるやら、
ギイギイギイと、目立《めだて》の音《ね》やら。

亭主の小犬は、だじゃれが大好きで、
客にまじって、聞き耳立てて、
お客衆がそろって、さんざめくとき、
だじゃれはどこぞと、片耳そらせ、
息がつまるほど、高笑いするとさ。

宿には、角《つの》ある牝牛もおってさ、
お妃さまほど、お高くとまってさ、
けれど、音楽はビールのように利《き》いて、
頭ふらふら、尻尾ふりふり、
牝牛おどらす、草の上に、さ。

そーら、並んだ銀の皿、小皿、さ。
銀のお匙《さじ》も、山とあるぞ!
日曜用には、とびきりの一組。
土曜の午後は、その匙と皿、
念入りによく、磨きあげるとさ。

月の男は、したたかのんでさ。
　猫は、ニャーニャー泣き出した。
匙と皿とがテーブルで踊り、
庭じゃ牝牛が浮かれて跳ねて、
　小犬が尻尾を、追っかけたさ。

月の男は、ジョッキのお代わりさ。
　それから、椅子の下に転がりおちて、
うとうと寝る間も、夢はビールさ、
お空の星が色あせるまで、
　暁《あかつき》ま近に、せまるまで、さ。

さても馬丁《ばてい》は、よいどれ猫に、さ。
「月の白馬が、いななきながら
銀の轡《くつわ》を、かみかみ待つが、
そのご主人は、正体がないぞ。
　間もなくお日さまのぼるというに。」

そこで猫どん胡弓をひいたさ。
　死人《しびと》も目さます陽気な囃《はや》し、ヘイ、ディドル、ディドル！
キーと浮き、ギーと弾き、調子を早めた。

宿屋は、月の男をゆりおこした、さ。
「とっくに、三時をすぎました！」と。

みんなで、男を山の上へころがしてさ。
山から、月へ投げ込んでやったさ。
あとから馬ども、おいかけていった。
牝牛もつづいて、鹿のように追った。
つづいて皿も、匙といっしょにかけた。

胡弓は早まる、ヘイ・ディドル、ディドル！
小犬は、わんわん、ほえだした。
牝牛と馬たち、逆立ちした、さ。
お客衆はみんな、はねおきて、
床の上で、ひと踊りしたさ。

ピィン、プツン！　と、胡弓が切れたさ。
牝牛は、月をとびこした。
小犬は、それみて、大笑い。
土曜日の皿は、家出をして、さ
日曜日の匙と、かけおちしたさ。

まるい月男は、山の後ろにころげおち、
　日娘、顔をそっと出した。
もえるその目が、何を見てたまげた、さ。
朝だというのに、まあ、おどろいた。
　ぞろぞろみなさん、ベッドに戻るとは！

馳夫《はせお》の謎歌

馳夫《はせお》とともに部屋に戻ったフロドのところに、旅籠《はたご》の主人が一通の手紙を持って現れた。それは三ヶ月も前にホビット庄のフロドに届けるようにと、ガンダルフから言付かった手紙だった。忙しさのあまり忘れていたのだ。しかし、この手紙によって馳夫の本名がアラゴルンであり、味方だとわかる。そして手紙の最後に書かれていたなぞめいた文句も馳夫のことを指したものだった。

金はすべて光るとは限らぬ、
放浪する者すべてが、迷う者ではない。
年ふるも、強きは枯れぬ、
深き根に、霜は届かぬ。

灰の中から火はよみがえり、
影から光がさしいづるだろう。
折れた刃《やいば》は、新たに研《と》がれ、
無冠の者が、また王となろう。

ギル＝ガラドの歌

ブリー村をたった一行は馳夫《はせお》の巧みな先導で、困難な道なき道をなんとか進む。七日目の朝、一行は風見が丘の間道を歩いていた。風見が丘についてのふるい伝承の中で語られるギル＝ガラドという人物について、メリーが馳夫に尋ねたところ、驚いたことに答えたのはサムの声だった。

ギル＝ガラドは、エルフの王なりきと、
竪琴《たてごと》ひきは、悲しく歌う。
海と山との間にありし、
美しき自由の国の、最後の王なりきと。
その剣は長く、その槍《やり》は鋭く、
輝く兜《かぶと》は、遠くより望みえたり。

天《あま》が広野の無数の星は、
その銀の盾《たて》に、映りたり。

そのかみ王は、馬にて去りぬ。
いづちにか、知る人ぞなき。
むべぞかし、王の星おちて、
影の国モルドールに消えたれば。

＊ギル＝ガラドというのは、第二紀の末、アラゴルンの先祖であるエレンディルとともにサウロンと戦い討ち死にした、ノルドールエルフ最後の上級王のこと。はるか昔、風見が丘に立っていた物見の塔から、エレンディルは西方からギル＝ガラドが来るのを待って見張っていたといわれている。

「躍る小馬亭」にて——姿を消したフロドに驚く人々

エルフの乙女、ルーシエン・ティヌーヴィエル

『ホビットの冒険』で石に変わったトロル

モリアに入った旅の仲間たち

ベレンとルーシエンの歌

一行は風見が丘に着く。この夜は、山腹の窪地《くぼち》で野宿することになった。焚《た》き火を囲んで、アラゴルンが、ベレンとルーシエン・ティヌーヴィエルの物語を吟《ぎん》じる。

木の葉は長く、草は緑に、
　ヘムロックの花笠はのびて、あでやかだった。
木の間の空地にさしこむ光は、
　夜空にまたたく星明かりだった。
そこに踊るのは、ティヌーヴィエルよ、
見えない笛の音にあわせて。
星明かりを髪にかざし、
　まとう衣をきらめかせて。

きびしい山から、ベレンはおりて、
　道ふみ迷い、さまよう森辺、
エルフの川のとどろくあたり、
ひとり嘆いて、たずねていけば、
ヘムロックの葉陰《はかげ》にかいま見た、
黄金《こがね》の花々を裳と袖にさし、

髪を影のようになびかせて、
おどる美しい乙女の姿。

山々を越えてさまよう運命に疲れた足も、
魅《み》せられた心にたちまち癒《い》えて、
烈《はげ》しく早く駆《か》けよったベレンの
手につかんだのは、きらめく月光ばかり。
織りなす木々をすりぬけて、わが家へ
乙女は踊る足どり軽く逃げていった。
あとに男は、なおも淋しく、
耳すませつつ静まる森をさまよった。

男はきいた、菩提樹《ぼだいじゅ》の葉ずれのように軽い
にげゆく乙女の足音を。
またきいた、地下から湧《わ》き出でて
かくれた窪地《くぼち》に鳴る楽の音を。
はやヘムロックの花束はしおれて、
一葉一葉、溜息《ためいき》をつき
ささやきながら、ぶなの葉は落ちた、
冬の森に、たゆたうように。

男は、乙女を求めて遠くさまよった、
　年々の落葉が厚くつもる処を、
月の光、星の明かりをたよりに、
　寒さきびしい空の下にふるえながら。
かなた、高い山の頂上で、
　衣を月光にひるがえして
乙女は踊るよ、その足もとに
　銀の霧がうずまいて散った。

冬がすぎて、乙女はもどった。
　その歌声がとき放つ、にわかな春に、
雲雀《ひばり》は舞い、雨はくだり、
　雪解け水は、泡立って流れた。
乙女の足もとに咲いたエルフの花を、
　男は見て、悲しみをまた癒された。
かれの望むのは、芝草の上で
　乙女をおどさずに、歌い踊ることだった。

ふたたび乙女は逃げたが、男は早かった。
　ティヌーヴィエルよ！　ティヌーヴィエル！
エルフの名で呼ぶ男の声に、

乙女は足をとめて、耳をかたむけた。
その声にこもる魔力で
　立ちつくす時の間に、ベレンは来た。
かくてティヌーヴィエルに運命はくだり、
　ベレンの腕にかがやかしく横たわった。

乙女の髪の陰の二つの眼を
　ベレンがのぞきこんだとき、
夜空にゆらぐ星の光が、
　そこに映ってふるえるのを見た。
エルフの美女なるティヌーヴィエル、
　命つきせぬエルフの乙女、
陰なす髪は、ベレンをつつみ、
　双の腕《かいな》は、銀のようにかがやいた。

運命のみちびく道は、長かった。
　冷たい灰色の石の山を越え、
鉄の広間を通り、お暗い戸口をくぐり、
　朝の来ない夜の森をぬけ、
別れの海にへだてられたが、
　二人はついに、ふたたび出会った。

して、遠いそのかみ、二人はともに、
歌いながら、嘆きも知らず森へ去って行った。

＊ベレンは死すべき定めの人間で、ルーシエン・ティヌーヴィエルはエルフ王シンゴルの娘。ルーシエンに出会って一目で恋に落ちたベレンは、彼女と結婚するためにモルゴスの王冠からシルマリルを一つ切り取る。ベレンの死後、ルーシエンは有限の命の持ち主となって、彼と運命を共にすることを選んだ。二人はエルロンドとヌーメノール王家の祖である。

トロルの小歌

風見が丘でフロドが負った暗黒の傷は、裂《さ》け谷《だに》の館主エルロンドにしか治せない。一行にとってフロドをかばいながらも裂け谷に急行することが、いよいよ必須《ひっす》となってきた。荒野や森林地帯そして山道と、十日以上難渋《なんじゅう》極まる旅を続けた一行は、三人のトロルに出くわしてしまう。

トロルがひとり、石の座にすわって、
古い骨くず、むしゃむしゃ、もぐもぐかじってた。

いつもいつも、かじるのはこの骨ばかり、
　肉はなかなか手に入らんと、ばい。
　　だめだとばい！　しゃくだとばい！
山の洞穴《ほらあな》に、トロルがひとり住んでいた。
　肉はなかなか手に入らんと、ばい。

そこへ来かかったトムは、大きな長靴をはいて、
トロルにいった。「そいつは、何だい？
どうやら見たとこ、おらのおじきのチムのすね骨《こつ》じゃ。
墓におさまっとると思ってたと、ばい。
何としたばい！　かんとしたばい！
おじきのおさらばしたは、だいぶ前、
　墓におさまっとると思ってた」と、ばい。

トロルはいった、「お若いの、これは盗んできた骨よ。
墓の骨なんぞ、なんになるぞい？
お前のおじきは、とうに鉛《なまり》の塊《かたま》りよ、
おれがすねっ骨、見つける前に。
　すねっ骨、ばい！　鉛ぞ、ばい！
かわいそなトロルじいに、わけてもよかろ。
おじきにすねっ骨、必要なかろ」と、ばい。

そこでトムがいった、「おらにゃわからねえが、
お前のような衆が、なんでかってに持ち出しただよ、
おらのおやじの兄弟の、足っ骨だか、すねっ骨だか。
　さあ、その古い骨、こっちに渡せ！
　　どろぼう、とばい！　トロルやろとばい！
いくら死んだとて、おじきのものよ、
　さあ、その古い骨、こっちに渡せ！」と、ばい。

「めっそも、こそも」とトロルはにやり、
「いっそお前も喰《く》ってやろ。お前のすねもしゃぶってやろ。
いきのいい肉は、うまいこったろ！
　さあためしにこの歯をお前に立ててよう、
　　ためしに、ばい！　がぶりとばい！
古い骨皮、しゃぶるのはあきあきだ。
　お前で食事がしてみたい」と、ばい。

けど、よい肉つかまえたと思ったはつかのま、
摑《つか》んだ両手に何もなかった。
気がつく前に、トムがするりと逃げて、
　こらしめに長靴で一発みまった。

こらしめ、とばい！　くそくらえとばい！
長靴で一発けつをけりゃ、
よいこらしめよ、とトムは考えた、ばい。

ところが、石より固いトロルの骨と肉、
いつもひとりで山にすわってるから、
山の岩根《いわね》けっとばしたも同じことよ、
トロルのけつは、とんと感じない。
　どんけつとばい！　とんまとばい！
トムがうなるの聞いて、トロルは大笑い、
トムの足こそ、したたか感じた、とばい。

脚をひきずり、ひきずり、トムは家に帰った。
長靴なくした片足は、一生なおらなかった。
けれどトロルは平気の平左で、今もそこに座って、
盗んだ骨をたべてる、今もたべてる。
　平気で、とばい！　盗んで、とばい！
トロルの石の座は、まだ変わらない、
盗んだ骨をたべてる、とばい。

＊三人のトロルだと思ったものは『ホビットの冒険』の中で語られる「石になったトロル」たちだった。

エアレンディルの歌

フロドが眼を覚ました場所は、裂《さ》け谷《だに》のエルロンドの館。目の前にはガンダルフがいる。今日は十月二十四日、あの時以来フロドは四日間も眠り続けたのだ。起き上がったフロドは、歌や物語が詠《えい》じられる「火の広間」で懐かしい人と再会する。それはビルボだった。あの昔の誕生日にホビット村をあとにして以来、ビルボはここ裂け谷に落ち着き本の続きを書いたり、歌を作ったり、穏《おだ》やかな日々を送っていたのだ。ビルボは、こんな歌を披露する。

エアレンディルは海ゆく人よ、
アルヴェアニエンにとどまって、
ニンブレシルの木を伐るや、
船出の船をつくりあげた。
あえかな銀で帆を織りなし、
舷燈《げんとう》もまた銀づくり、
船首の先は白鳥をかたどって、
旗々の上に燈りを置いた。

古代の王たちの武具をつけ、
鎖かたびらで身をよろった。

輝く盾《たて》にはあらゆる危害や障害をさける
ルーン文字を刻みこんだ。
弓は竜の角《つの》で作り、
矢は黒檀《こくたん》を割ってしあげ、
鎖胴着は銀で編み、
玉髄《ぎょくずい》のさやにおさめた
鋼《はがね》のつるぎ、勇ましく、
高い兜《かぶと》は堅牢《けんろう》無比《むひ》、
その前立《まえだて》にはワシの羽根
胸に一個のエメラルドをつけた。

船は星空の下、月の下、
北の岸べを遠くはなれて、
この世の明るい境をこえ、
魔の道にひき迷わされた。
かれは凍った山中に影のさす
せまい氷雪《ひょうせつ》をきしませて逃げ、
暑い坑道、燃える荒野を逃《のが》れて、
なお星なき海をさ迷った末に、
たどりついたのは、空虚の夜だった。
そこをすぎて、かれにはまだ

求める光も輝く岸も見られなかった。
怒りの風がかれをおいはらった。
泡立つ波に行方も知らず逃げのびて、
西から東へあてどなく、
先ぶれもなく、故郷へ急いだ。

そのかれの許へ飛んで来たのは、エルウィングで、
炎が暗闇に点ぜられた。
かの女の首飾に燃えた火は、
ダイヤモンドの光より明るかった。
かの女がかれに結んだのがシルマリル。
冠においた生きた光よ。
それからは不屈に、燃える額をむけ、
かれは船首を進めていった。
すると海のかなたの別世界から
夜中に烈風がたちまちおこった。
これ、タルメネルの強風で、
死神のふきつける息のように、
定命《じょうみょう》の者の通らぬ道へと
刺すような風が、かれの船を運んだ。
絶えて航く者のない灰色の荒海を

今度は東から西へとかれは流れすぎた。

永劫《えいごう》の夜をくぐって、
暗くとどろく波浪《はろう》に運ばれていった。
波のはるか下には、世の光のさす前に
すでに没した陸土があった。
それから遂《つい》にかれは、楽の音をきいた。
そこはこの世の果てる真珠の浜辺、
とわに泡立つ波が
黄金と青い宝石をなぶるところ。
かれは見た。山々が黙してそびえ、
ヴァリノールの裾根に黄昏《たそがれ》がこもるのを。
またエルダマールが海の彼方をのぞむ姿を。
さすらいの人は夜からのがれて、
ついに白い港にたどりついた、
緑なす美しいエルフの故国に。
そこはイルマリンの山のふもと、
空気は鋭く、ガラスのように澄んで
切りたつ谷間にきらきらと
燈《あか》りともしたティリオンの塔が、
暗い海に照り映《は》えていた。

かれは遍歴の船脚をここに止めた。
エルフたちは歌を教え、
老いた賢者たちは不思議を語り、
黄金の竪琴《たてごと》が運ばれてきた。
それからエルフの白衣を着せられて、
七つの星にみちびかれ、
カラキリアンをぬけるように、
ひとりさびしく隠れ里へでかけていった。
かれの来た刻《とき》のない室々では、
無限の時が輝き落ちて、
そびえ立つイルマリンの山に
長上王の御代《みよ》が無窮《むきゅう》に続いていた。
それから、きいたためしのない言葉で、
人間とエルフのことをきいた。
この世に住む者には禁ぜられた、
この世の外の姿を示された。

つぎに新しくエルフが作ってくれた船は、
ミスリルとエルフのガラスから成り、
輝く船首はあるが、こぐ櫓《ろ》はなく、

銀のマストに帆《ほ》もはらず、
舷燈がわりにシルマリル、
明るい旗には、燃える炎、
これみなエルベレスが自らとりつけたもので、
さらにかれのためにかの女は不滅の翼を作って備え、
かれには不死の命運を与えて、
岸なき天《あま》つ海原を渡るように
日の後、月の後について飛ぶようにした。

静かに銀の泉のおちる
常宵《じょうしょう》なす高い峰《みね》から
翼ある船がかれを運んだ。
漂う光は峻嶮《しゅんけん》をこえていった。
世の果てから飛び去って、闇をぬけ、
はるかな故国を再び見いだそうと切望して、
一つ星のように燃えながら
霧の上空をこえて、かれは来た。
日の出前の遠い焔《ほのお》となって、
夜明けを待たぬ奇跡《きせき》となって、
北の国の川が薄墨色に流れるところへ。

そして中《なか》つ国《くに》を越える時に
かれがとうとうききつけたのは、
太古の人間の女たち、エルフ乙女たちの
はげしいいい啜《すす》り泣きの声だった。
しかしかれには強力な命運があった。
月の光がうすれるまで、丸い星を通すべく、
死すべき人の住む此岸にはとどまれない。
使命を伝える者は、とこしえに、
かれの輝く燈明《とうみよう》であるいやはての
西方国のフラムミフェアをかかげて、
休むことを許されないのだ。

*エアレンディルはエルフの母と人間の父を持つ。ルーシエンの孫のエルウィングを妻とする。彼女とともに至福《しふく》の国に辿《たど》り着き、第一紀の大魔王モルゴスと戦うための助力を乞う。エアレンディルの願いは聞き入れられたが、中つ国に戻ることは許されず、シルマリルを身に帯び、大空を航行することを命ぜられた。ヌーメノール国の始祖エルロスと裂け谷のエルロンドはエアレンディルの息子。

ボロミアの謎歌

翌朝、エルロンドの会議が開かれた。出席者はエルロンドの宮廷の顧問格のエルフたち、闇の森のエルフ王の息子レゴラス、はなれ山のドワーフのグローインとギムリの親子、野《の》伏《ぶせ》のアラゴルン、ホビットのビルボとフロド、そしてガンダルフだった。人間はもう一人、南の国ゴンドールの執政《しっせい》の長子ボロミアが出席していた。ちょうど会議の朝、裂《さ》け谷《だに》に着いたかれは、不思議な夢を見、ゴンドールの運命を左右するものと思い、ミナス＝ティリスからはるばるエルロンドの助言を仰ぎにやってきたのだ。彼と弟のファラミアは、夢の中でこんな言葉を聴いたという。

折れたる剣を求めよ。
　そはイムラドリスにあり。
かしこにて助言を受《う》くべし、
　モルグルの魔呪《まじゅ》より強き。
かしこにて兆《しるし》を見るべし、
　滅びの日近きにありてふ。
イシルドゥアの禍《わざわい》は目覚め、
　小さい人ふるいたつべければ。

冬の旅立

会議では一つの指輪をどうすべきかが論ぜられた。この指輪は悪ならざる所なく、どんなよい目的で使おうとも、結局は持つものを、力あるものなら魔王に、弱きものなら悪の手下《てした》に仕立ててしまう。会議の決定は「ひとつの指輪」を、それが鍛えられたオロドルインの滅びの罅裂《きれつ》に投げ込んで破壊することとなった。指輪を所持し、使命を果たす者はフロド。

道中の安全を期すべく、斥候《せっこう》が四方に放たれた。結果が報告されるまでは出発できない。しばらくは裂《さ》け谷《だに》に留まることになりそうだ。ビルボは一行の旅立のころを予測してこう歌った。

身に沁《し》む冬が訪れて、
　霜夜に石が割れる時、
池は黒々、木は裸、
　荒野わたるは身の因果。

ビルボの歌

いよいよ十二月二十五日出発の日の朝、フロドはビルボから貴重な贈り物をもらう。それはビルボが前の冒険の旅で手に入れた短剣「つらぬき丸」と羽のように軽いドワーフの鎖かたびらだった。礼を言おうとしたフロドをさえぎってビルボは静かに歌いだす……

炉辺《ろばた》にすわって思うのは
　わたしの見てきた事ばかり。
牧場の野花と蝶のこと
　夏さる度《たび》に思い出す。

黄ばんだ木の葉とくもの網は
　送った秋の思い出よ。
朝霧に浮かぶ銀の日も、
　髪をなぶった秋風も

炉辺にすわって思うのは
　この世がどんなになるだろうか、
春が来ないで冬ばかり、
つづくとしたらどうだろうと。

なぜならわたしの見ぬものが
　この世にまだまだあるがため。
春くるごとに森ごとに
　緑の色がちがうもの。

炉辺にすわって思うのは
　遠い昔の人のこと、
わたしの知らない世の中を
　これから見られる人のこと。

けれどすわって考える——
　すぎた昔の日々のこと。
耳そばだてて待つものは
　戻る足音、門の声。

ドゥリンの歌

クレバイン、敵の偵察隊に遭遇した旅人たちはおぼろ谷への道をあきらめ、カラズラス（赤角山）を越えることにする。しかし、冬のカラズラスは無慈悲《むじひ》だった。仲間たちは山の怒りにあい、行くてを阻《はば》まれてしまう。ガンダルフはやむなく一同を山の内部の坑道へと導く。山の内部を抜けようとしたのだ。そこは、エルフ語で「モリア」と呼ばれ、かつてのドワーフの壮大な地下宮殿跡だった。ドワーフのギムリは、上古《じょうこ》の昔、最初にモリアに居を定めたドゥリンを偲《しの》んで歌った。

この世は若く、山々は緑だった。
月はいまだ翳《かげ》りが見られず、
流れや石には名がつけられなかった。
そのころドゥリンは目ざめてひとり歩いた。
名のない山々谷々に名前をつけ、
誰も味わわない泉の水を飲んだ。
身をかがめて鏡の湖《うみ》をのぞきこみ、
星の冠の現れ出るのを見た。
水面《みなも》に映る自分の頭上を、
銀糸で飾る宝石のように。

この世は美しく、山々は高かった。
そのかみつ世のナルゴスロンドに、ゴンドリンに、
今は西の海をこえて去りし
強き王たちの滅びるまでは。
ドゥリンのころこの世は美しかった。

王は、彫り飾った玉座に在《いま》した。
石の広間広間には数多い柱が立ち、
黄金の天井に銀の床、
扉には魔力あるルーン文字が書かれた。
日の光、また星明り、月明かり、
水晶を切りなしたランプにともり、
雲にくもらず、世の闇にかげらず、
美しく明るく、たえず輝いていた。

槌《つち》は鉄床《かなとこ》をうち、
のみは刻み、文字を彫った。
刃《やいば》は鍛えられ、柄《つか》は巻かれた。
坑夫は掘り、石工は建てた。
緑柱石《ベリル》に真珠、淡いオパールは綴《つづ》られ、
金属は魚鱗《ぎょりん》に似た鎖かたびらに編まれた。

円盾に胴甲、戦斧に剣、
かがやく槍《やり》もあまた貯えられた。

そのかみドゥリンの民は倦《う》むを知らず、
山の下には楽の音がめざめた。
竪琴《たてごと》ひきはひき、歌うたいは歌った。
出入りの門には喇叭《らっぱ》が鳴った。

この世は黒ずみ、山々は老いた。
炉の火はつめたい灰に化した。
竪琴は鳴らず、槌音《つちおと》は止んだ。
ドゥリンの広間には、暗黒が住まう。
カザド＝ドゥムなるこのモリアの、
王の墓には影が横たう。
だが今もなお、沈んだ星は、
風のない暗い鏡の湖に現われる。
ドゥリンがまた眠りからさめる日まで、
その冠は、深く水底に横たう。

＊モリア（ドワーフ語でカザド＝ドゥム）は、太古より続くドワーフの地下都市である。第二紀には絶頂期を迎えたが、第三紀の中ごろ、地底に眠るバルログとい

う恐ろしい生き物の目を覚ましてしまった。ミスリル、またの名を「モリア銀」「まことの銀」といわれる貴重な金属をあまりにも深く掘りすぎたためだ。バルログにモリアの領主ドゥリン六世は殺害され、ドワーフはその地を追われ、モリアはオークの住まう所となった。

ニムロデルの歌

モリアを逃れ出た一行は、ガンダルフを失った悲しみを振り払い道を急ぐ。夜になって一行がたどり着いたのは、ロスローリエン「黄金の森」の軒先《のきさき》だった。ニムロデルの川を渡り、レゴラスは川と同じ名を持つエルフの乙女の歌を歌う。

　そのかみエルフのおとめがいた。
　　光まばゆい昼の星よ、
　白いマントに金のふちどり、
　　はく靴の色は銀ねずみだった。

　おとめの額に星が結ばれ、
　　おとめの髪に光がさした。

美しいローリエンの森の
　黄金の枝に日がさすように。
おとめの髪は長く、四肢は白く、
おとめは美しく、自由だった。
風の中をゆく身の軽さは
菩提樹《ぼだいじゅ》の葉のそよぎだった。

ニムロデルの滝つ瀬に近く
冷たく澄んだ水のほとり
おとめの声は銀の滝のように
きらめく淵《ふち》にこぼれおちた。

おとめはいずこか、光か陰か、
さまよう場所をだれも知らない。
かつてニムロデルは山に迷って、
行方しれずになってしまった。

山かげの小暗《おぐら》い港に
エルフの船がおとめを待った。
荒れさわぐ海のかたえで、

いたずらに日ごと夜ごとを。

北の地に夜半の嵐が吹き起こって、
ごうごうとたけり叫び、
エルフの岸から船を追い、
汐路《しおじ》のかなたに押しやった。

ほの暗く夜が明ければ、
山はなく陸地は見えず、
大波がよせてくだけて、
目にしぶく水沫《みなわ》をのこすばかり。

波間に低くうすれてゆく
岸を望んで、アムロスは
ニムロデルから自分をひき離した
頼みがたい船をのろった。

そのかみ、アムロスはエルフの王で
美しいロスローリエンに春が来れば、
枝々に金色の花の咲く
木々と園とを統《す》べていた。

人々は見た、へさきから海へ、
弦《つる》を放れた矢のようにアムロスが
跳びおりて、はばたく鷗《かもめ》のように
深く水をかずくのを。

風はアムロスの髪をなびかせ
泡はアムロスのまわりにきらめいた。
人々は見た、白鳥のように波にのって、
強く美しいアムロスの進むのを。

けれど西方から便りはとどかなかった。
また此岸《しがん》に住まうエルフのもとに
アムロスの消息がわかったことも
そのさきたえてありはしなかった。

＊ニムロデルはかつてローリエンに住んだ美しいエルフの乙女。山に迷って行方知れずになったといわれる。ニムロデルの恋人であるエルフ王アムロスは、ニムロデルをあきらめがたく、西に向かう船から身を投じて消息を絶った。

ガンダルフを偲《しの》ぶ歌

一行は数日ローリエンに滞在し、久しぶりで安らぎを得た。だがそれだけにガンダルフを失った悲しみが沁《し》みてくる。フロドはガンダルフを偲《しの》んで歌った。

庄の夕べが灰色になるころ、
お山にあの人の足音がきこえた。
そして夜明け前に去っていった。
言葉も残さず、長い旅路へ。

荒れ地の国から西の海辺にかけて、
北の荒野から南の山中にかけて、
あの人は歩きまわった、思いのままに、
竜の臥処《ふしど》も隠し戸も、暗い森も。

ドワーフやホビットにも、エルフや人にも、
死すべき者にも、不死の者にも、

枝の小鳥にも、ねぐらの獣にも、
他には知られぬそれぞれの言葉でかれは話した。

必殺の剣、生命《いのち》いやす手、
重荷に折れたわむ背、
われ鐘《がね》の声、火をふく杖、
疲れた漂泊人《さすらいびと》は、旅にあった。

智恵の王者の御座《みくら》に坐して、
たちまち怒り、たちまち笑う、
ひしゃげ帽子のこの老人は、
とげある木の杖にすがっていた。

この人ひとり、橋の上に立ち、
火と影の怪《け》にひるまずいどんだ。
石を打って、その杖は折れ、
カザド＝ドゥムに叡智《えいち》が絶えた。

サムはこれを聞いて、花火のことも付け加えてくださいと頼み、自ら歌った。

ついぞない見事な打上花火は

空に青と緑の星々を散らした。
とどろく雷の後に金色《こんじき》の驟雨《しゅうう》
花吹雪《ふぶき》のように降りそそいだ。

ガラドリエルが歌うエルダマールの歌

ロスローリエンをたつ日の前夜、ケレボルンは大河アンドゥインを下っていくことを勧め、船を提供してくれることになった。翌二月十六日、出発。船着場から銀筋川をさかのぼっていくと、行く手に白鳥型の船が川を下ってくるのが見えた。乗船しているのはケレボルンと奥方のガラドリエル。奥方は歌う……

わらわは歌った、木《こ》の葉を、黄金《こがね》の木の葉を、
　かの地に生い茂った黄金の木の葉を。
わらわは歌った、風を、かの地に吹き来《きた》って、
　かの枝々をさやがせた風を。
日の彼方、月の彼方に、海は泡立ち、
イルマリンの岸辺に、一もとの黄金の木が生い茂った。
エルダマールの常夜《とこよ》の星の下に、その木は輝いた。

エルダマールの、エルフ住むティリオンの城壁のかたわらに。
かの地には年久しく、黄金の木の葉がいや茂り栄えるが、
海をへだてたこの地には、いまエルフの涙が落ちる。
おお、ローリエンよ！
　ここには冬が、蕭条《しょうじょう》と葉のない季節が来た。
木の葉は流れに散り、大河は流れる。
おお、ローリエンよ！
　あまりにも長くわらわは、此岸《しがん》の国に住みついてしまった。
黄金色のエラノールを編んで作った冠も、色あせてしまった。
とはいえ、船呼ぶ歌をいまうたったなら、
　どんな船がここへ来るだろうか？
どんな船が、大海を渡って、わらわを渡してくれるだろうか？

白鳥の船が船着場に向かっているのを見て、旅の仲間たちも引き返し、緑の草の上で別れの宴を催した。食事がすんで別れに際し、奥方よりめいめいが贈り物をもらう。一行は、この先この贈り物に何度か危機を救われることになる。

＊エルダマールとは「エルフ本国」の意。至福の国でエルフに与えられた地域を言う。ティリオンはエルダマールの都。

二つの塔

ボロミアを悼《いた》む歌

一同が姿を消したフロドの行方を捜す中、突如アラゴルンはボロミアの角笛《つのぶえ》が吹き鳴らされるのを聞く。アラゴルンが駆《か》けつけると、足元に切り殺したオークの山を築き、全身に矢を受けたボロミアが息絶えんとしていた。ボロミアは自らの行いを恥じ、オークからメリーとピピンを守ろうとして斃《たお》れたのだ。死に顔は安らかだった。

アラゴルン、レゴラス、ギムリは涙を振り払い、敵の武器や角笛とともにボロミアのなきがらを船に乗せ、大河アンドゥインの流れに任せた。三人の仲間たちは黙したまま、じっと船の行く手を見つめていたが、やがてアラゴルンがゆっくりと歌い始めた。

丈高い草の生い茂る沢地を越え野を越え、ローハンを通って、
　西風は歩み来たり、城壁を経めぐる。
「おお、さまよう風よ、
　今宵お前は西の地のどんな知らせを持って来てくれたか？
月光でまた星明かりで、背高き人ボロミアを見かけなかったか？」
「わたしの見たかれは、七つの灰色の川を馬で渡って行った。
わたしの見たかれは、人気ない土地を辿《たど》り、
　やがて北の地の闇にかくれて行った。
そして二度とかれを見なかった。
北風がデネソールの息子のならした角笛《つのぶえ》を聞いたかもしれない。」

「おお、ボロミアよ！
　高い城壁からわたしは、はるか西の方を望み見た。
けれど、人気ない土地からあなたは帰らなかった。」

それからレゴラスが歌った。

海に開く河口から南風が飛んで来る。
　砂の山を越え、石の山を越えて。
鷗《かもめ》の鳴き声をこめて、風は城門に歎きかける。
「おお、吐息《といき》する風よ、
　今宵お前はどんな知らせを南から持って来てくれたのか？
美《うるわ》しの人ボロミアは、今どこにいるのか？
　あの人は帰らず、わが心は傷む。」
「わたしに聞くな、どこにかれが住むかと。
嵐狂う空の下の白い浜、
　暗い岸に、横たわる骨は、あまりに多いから。
アンドゥインを下り過ぎて、
　流れる潮路に就《つ》く者は、あまりに多いから。
北風に聞け、北風がわたしに送って来る者の知らせを！」
「おお、ボロミアよ！　城門のかなたに、海への道は南へ向かう。
けれどあなたは鳴き叫ぶ鷗とともに、

灰色の海の口から帰らなかった。」

次にまたアラゴルンが歌った。

王たちの門から北風は馬をとばせて、轟《とどろ》く大滝を過ぎて来る。
塔をめぐってその高らかな角笛は、啾喨《きゆうりよう》と冷ややかによびかける。
「おお、力ある風よ、
　今日お前は、北の国からどんな知らせを持って来てくれたか？
剛勇《ごうゆう》の人ボロミアの便りはどうか？　もう久しく帰らないから。」
「アモン・ヘンの山裾《やますそ》で、わたしはかれの叫びを聞いた。
　あそこであまたの敵と戦っていた。
かれの割れた盾を、折れた剣を、友らが水辺に運んだ。
かれの誇らかな頭《こうべ》を、美しい顔を、また四肢を友らは安らかに憩《いこ》わせた。
それをラウロスが、黄金《こがね》色のラウロス大滝が懐《ふところ》に抱きしめた。」
「おお、ボロミアよ！
　守護の塔はとこしえに北の方を見つめるだろう。
ラウロスを、黄金色のラウロス大滝を、世の果てる日まで。」

アラゴルン、父祖の地を思って歌う

フロドの足跡をたどったアラゴルンはフロドとサムが二人きりでモルドールへ向かい旅立っていったことを知る。事ここに至り、アラゴルンは宣言する、「指輪所持者の運命はもはやわが手中にはない」と。ならば、メリーとピピンを救い出すべくオークの後を追って、三人は飛ぶように走り出した。

一晩中駆けつづけ朝を迎えた。左手の遥かかなた、三十リーグ以上先に白の山脈が聳《そび》え、そそり立つ峰々はばら色に染め上げられている。白の山脈の裾野《すその》に広がるゴンドール。アラゴルンは望郷の思いをこめて歌う。

ゴンドールよ！　山と海とのはざまなるかのゴンドールよ。
かしこには西風が吹き、銀《しろがね》の木に映える光は、
　明るい雨のように、古《いにしえ》の王たちの庭にそそいだ。
おお、堂々たる城壁！　白い塔のむれ！　おお、翼ある冠と黄金の玉座！
おお、ゴンドール、ゴンドールよ！　あの銀の木を見ることがあろうか？
山と海のはざまを、西風がふたたび吹くことがあろうか？

木の鬚《ひげ》の歌

ローハンの騎士団に襲われたオークの群れから辛くも脱出したメリーとピピンは、ファンゴルンの森に逃げ込み、森のおくで木々の牧者にして森の守り手であるエント族の木の鬚《ひげ》「ファンゴルン」に出会う。

メリーとピピンをすっかり気に入った木の鬚は、二人を自分の家に招いてくれた。二人を曲げた両腕の中にやさしく抱えて家に向かいながら、木の鬚は昔を偲んで歌う。

春にはタサリナンの柳の原を、わたしは歩いた。
ああ、ナン＝タサリオンの春のながめよ！　春のかおりよ！
おお、すてきだと、わたしはいった。
夏はオッシリアンドの楡《にれ》の森を、わたしはさまよった。
ああ、オシルの七河一帯の、夏の光よ！　夏のしらべよ！
これぞ最上だと、わたしはいった。
秋にはネルドレスの橅《ぶな》の林に、わたしは来た。
ああ、タウア＝ナ＝ネルドールの秋の、木の葉の紅葉よ、風のさやぎよ！
それは、わたしの望み以上だった。
冬は、ドルソニオン山地の松林に、わたしはのぼった。
ああ、オロドト＝ナ＝ソーン山上の、冬の風よ、雪と黒い松が枝よ！
わたしの声は空にのぼって、歌った。

そして今、それらの地はみな波の下にある。
わたしは歩く、アンバローナ、タウレモルナ、アルダローメを。
わたしの土地を、ファンゴルンの国を。
この地は、木の根が長く、
年月がつもって、
タウレモルナローメの木の葉より厚いところ。

エントとエント女の歌

夕闇迫るころ、木の鬚《ひげ》は霧ふり山脈の最後の山「メセドラス」の麓にある彼の家「水湧きいずる広間」に着いた。その後ホビットたちはホビット村を出て以来の冒険談を語った。ここでメリーとピピンは木の鬚にエントの水をふるまわれる。よいよサルマンを食い止めねばならぬと決意する。今やサルマンが極悪の裏切り者であることが明らかとなった。しかし、木の鬚たちエント族はあまりにも少ない。エント女がいなくなってしまったからだ。木の鬚はエントたちがエント女を探して歩く歌の一つを歌う。

エント
春が橅《ぶな》の若葉を開き、枝々に樹液みなぎる時、
原始の森の流れに、光きらめき、山の端に風おこる時、

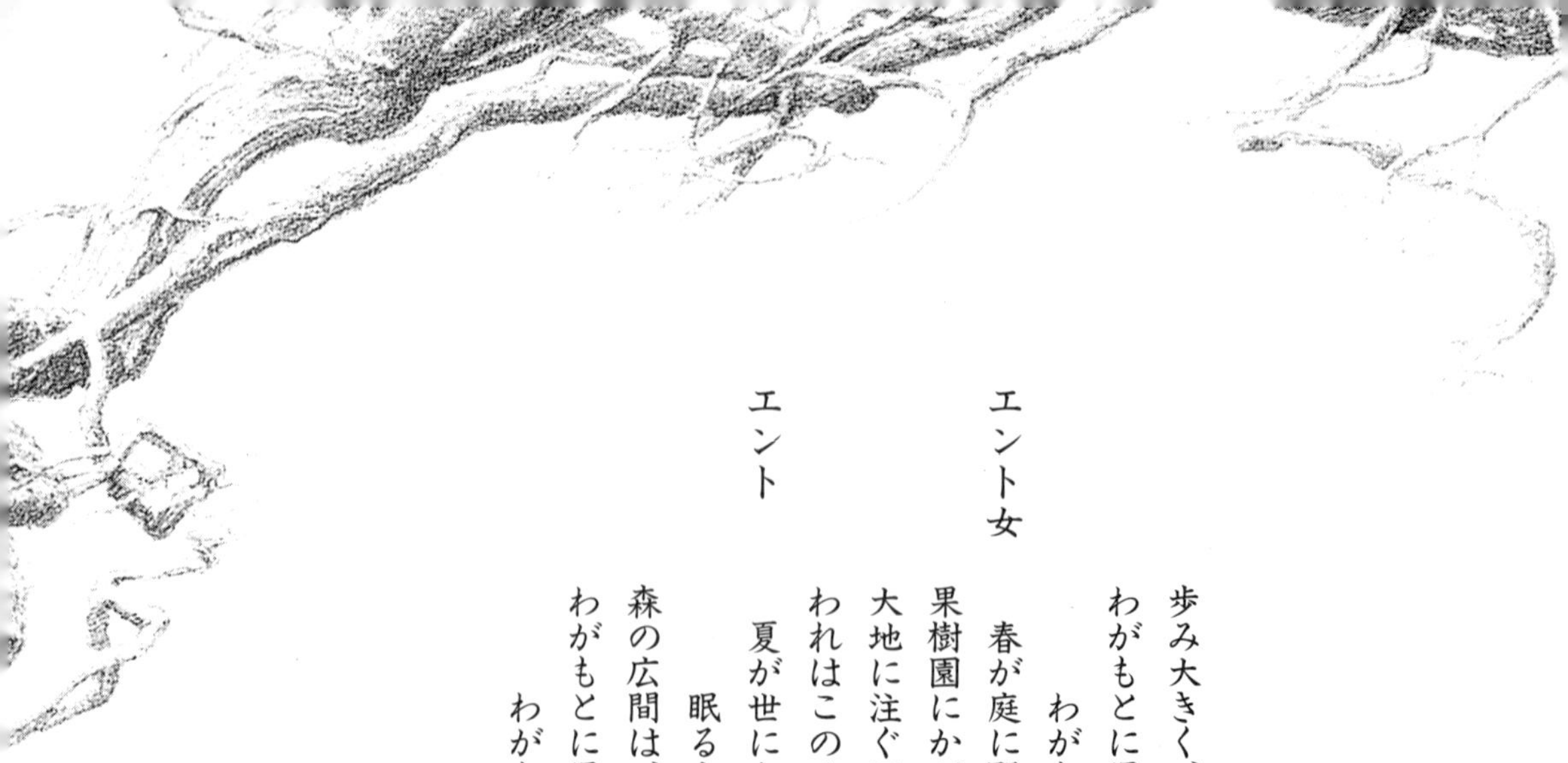

歩み大きく、息深く、山気身に沁《し》みる時、
わがもとに帰り来よ！
　わがもとに戻りて、わが地美《うるわ》しと、いい給えかし！

エント女

春が庭に野にきたり、麦の葉生《お》い育つ時、
果樹園にかがやく雪かと花ひらく時、
大地に注ぐ雨と日とが、かぐわしの香りを大気にみたす時、
われはこの地に留らん。わが地美しきゆえ、かしこに行かじ。

エント

夏が世にありて、黄金《こがね》色の真昼、
　眠る木の葉の屋根の下に、木々の夢ひらく時、
森の広間は、青々と涼しく、風が西におこる時、
わがもとに帰り来よ！
　わがもとに戻りて、わが地に如《し》くところなしと、いい給えかし！

エント女

夏がたわわの果実をぬくめ、
　木の実を茶色に熟《う》らす時、
麦藁《むぎわら》は黄金に、　麦の穂白く、
　刈りいれのいたる時、
蜜はこぼれ、　林檎《りんご》ふくらみ、
　風が西におこる時、
われはこの日の下に留らん、
　わが地こそよなければ！

エント

　冬が荒々しく、　かの丘、
　かの森の生命《いのち》を奪う時、
木々たおれ、
　星なき夜が日なき昼を
　むさぼる時、

風がこごしき東に変わり、無情の雨の添うる時、
われは汝《いまし》を探し尋《と》め、汝にかくは呼びかけん、
「われ、また、汝のもとにおもむかん」と。

エント女　冬きたりて、歌のやむ時、ついには闇のこむる時、
裸の枝折れ、光と労苦の終わる時、
われは汝を探し尋め、汝を待たん、
われらのふたたび会う日まで。
無情の雨の下に、同じ道をともに辿《たど》らん!

両者（ともに）　西の地にいたる道を、ともに辿らん。
遠きかなたに、
われらの心の憩《いこ》う地をともに見いださん!

ブレガラドの歌

日が暮れてもエントの寄合は続いている。ブレガラドはメリーとピピンを自分のエント小屋に連れて行ってくれた。二人のそばではブレガラドが物静かに語り始めた。ブレガラドが住んでいた土地には美しいななかまどの木々があった。その土地はオークにあらされ、木々はすべて伐《き》り倒されてしまった。ブレガラドがななかまどを偲《しの》んで歌う。

おお、オロファルネよ、ラッセミスタよ、カルニミーリエよ！
おお、美しいななかまどよ。
　お前の髪は、何と白い花をつけたことか。
おお、わたしのななかまどよ、
　夏の日に光るお前を、わたしは見た。
お前の樹皮は明るく、葉は軽く、声は涼しくて、やさしい。
お前の頭にいただく冠の、何という金茶のつや！
おお、死んだななかまどよ、
　お前の頭の髪はかさかさで灰色だ。
お前の冠はもぎ落とされ、
　お前の声はとこしえに静まってしまった。
おお、オロファルネよ、ラッセミスタよ、カルニミーリエよ！

エント進軍の歌

三日目の三月二日の午後、突然あたりに響き渡る雄叫《おたけ》びが聞こえた。やがて進軍のための音楽とともに、エントたちの高らかに力強い合唱が湧《わ》き起こった。

ゆくぞ、ゆくぞ、われらは、ゆくぞ。太鼓をならせ、とどろかせ。
タ＝ルンダ　ルンダ　ルンダ　ロム！

エントたちはやってきた。

ゆくぞ、ゆくぞ、われらは、ゆくぞ。角笛《つのぶえ》を吹け、太鼓をたたけ。
タ＝ルーナ　ルーナ　ルーナ　ロム！

ブレガラドはホビットたちをひょいと持ち上げると、家を出てすたすたと歩き出した。
三人は進軍してくるエントたちに加わってアイゼンガルドに向かった。

いざや、アイゼンガルドへ！　よし、岩の扉《と》がとりかこみ、
　アイゼンガルドを守るとも、
石とつめたく、骨とあらわに築かれて、
　アイゼンガルドが堅くとも、

ゆくぞ、ゆくぞ、戦さにゆくぞ、石をうがち、扉を破るぞ。
幹も枝も、焚《た》かれて燃えて、工炉のうなりたけるから、
　ゆくぞ、われらは戦さ場に。
いぶせき国へ、ほろびの足音、太鼓のとどろき、見参、見参！
　アイゼンガルドへ、ほろびもたらし、いざ、いけ！
　　ほろびもたらし、いざ、いけ！
　　　ほろびもたらし、いざ、いけ！

ロヒアリム哀悼歌

メリーとピピンを探して分け入ったファンゴルンの森でアラゴルンたちが出会った怪しげな老人は何とガンダルフだった。ガンダルフはバルログとの戦いを制し、今や白をまとう身となって甦《よみがえ》ったのだ。

ガンダルフと再会を果たした一行はその日と一晩を、途中二、三時間の休息を取っただけでローハンに急行した。旅人たちが雪白川に達したころ朝が明けわたった。城壁に囲まれた丘の麓《ふもと》に、塚山《つかやま》が左に七つ、右に九つ築かれていた。ローハン王家の陵墓《りょうぼ》だった。ここでアラゴルンが、ローハンの詩人がつくった歌を歌う。それは王家の祖「青年王」エオルがいかに丈高く、美しかったかを思い起こして歌ったものだ。

あの馬と乗手とは、どこへいった?
兜《かぶと》と鎧《よろい》かたびらは、風になびいた明るい髪の毛は、どこに?
　吹きならされた角笛《つのぶえ》はいまどこに?
竪琴《たてごと》をかなでた指は、赤く燃えた炉辺《ろばた》の火は?
春はどこに?　稔《みの》りの時と丈高く熟《う》れた穀物は、どこへいったか?
すべては過ぎていった、山に降る雨のように、草原を吹く風のように。
過ぎた日々は、西の方に、影を負《お》う山々のうしろに落ちてしまった。
燃えつきた焚木《たきぎ》の煙を集める者があろうか?
流れ去った年月の海から戻るのを見る者があろうか?

木の髭

角笛城の合戦

エルロンドの会議で語られたゴクリ

サムの見たじゅう

ローリエン讃歌

ローハンの宮廷での歓迎は冷ややかだった。王はガンダルフを不幸をもたらす疫病神《やくびょうがみ》と呼び、グリマ（蛇の舌）が王の尻馬に乗ってガンダルフを罵《ののし》った。さらにグリマはガラドリエルをも侮辱《ぶじょく》に及んだ。腹を立てたギムリが、ずいと前に進もうとすると、ガンダルフはその肩を抑え、低い声で歌った。

ドウィモルデネに、ローリエンに、
人間の足跡の印されることは稀《まれ》だった。
かしこに長く明るくただよう光を
生命短い人の目に見たためしは少ない。
ガラドリエルよ！　ガラドリエル！
あなたの泉の水は澄みわたり、
あなたの白い手の星は白い。
ドウィモルデーネに、ローリエンに、
木の葉と土地は汚れず、損《そこな》われず、
生命短い人間の思いをこえて美しい。

＊ドウィモルデネはまぼろしの谷を意味するローハン語で、ローリエンをさす。

戦《いくさ》への動員の詞《ことば》

ガンダルフはセオデンを外に導き、叡智ある言葉でかれを癒《いや》した。そして、まず最初に、エオメルの釈《しゃく》放《ほう》を進言した。エオメルは殿中で蛇の舌を殺そうとした罪で牢に入れられていたのだ。牢から出されたエオメルは、忠誠のあかしとして自分の剣をセオデンの足許に置いた。セオデンの手がエオメルの剣に触れるや、王に不動の力が甦《よみがえ》ってきた。剣を手にヒューヒューと空を切りながら、セオデンは戦への動員の言葉を唱えた。

いざや立て！　立ちあがれ、セオデンの騎士らよ！
凶事は起こりて東の方暗ければ。
馬に鞍《くら》をおけ、角笛《つのぶえ》を吹きならせ！
進め、エオルの家《いえ》の子よ！

ゴクリの歌

フロドとサムはエミン・ムイルの麓《ふもと》を進んでいった。夜を迎えたとき、向こうのがけに怪しい姿。それはビルボの前の指輪の持ち主で、今なお指輪への渇望がやまないゴクリだった。ふたりはゴクリを捕らえるが、フロドには憐《あわ》れみからゴクリを殺すことができず、モルドールへの道案内を命じる。そんなフロドの思いが伝わったのか、指輪への執着のためか、ゴクリはモルドールへの案内にたつこととなる。ゴクリはエミン・ムイルの崖《がけ》から離れ、二人を斜面の下の広大な沼沢地へと誘った。しばらく歩くと狭い小峡谷に出た。ここを降りて水の感触を楽しみながらゴクリが歌う。

冷たい荒地が
わしらの手を噛《か》み、
　足をかじるよ。
岩と砂礫《されき》は
古い骨のように
　肉っ気なしだよ。
だけど池と流れは、
湿《しめ》ってすずしい。
　足にいい気持ちよ。
この上ほしいものは――

ここでゴクリは横目でホビットたちを見ながら「わしらのほしいもの」のなぞなぞを、その昔ビルボ・バギンズが当てたといい、目をぴかりと光らせた。

息をしないで、生きていて、
死んでるように、冷たくて、
喉《のど》かわかぬに、飲んでばかり。
鎧《よろい》着てても、がちゃつかぬ。
乾いたところで溺《おぼ》れ、
島を山と思い、
泉を吹き上げと思い、
滑らかで、きれいなもの、
　そいつに会えたら、うれしいね。
わしらのほしいのは、ただ一つ、
汁気たっぷりの
　　――さかな。

じゅうの歌

ゴクリに導かれたフロドとサムはとうとうモルドール北方の黒門（モランノン）を見下ろす窪地《くぼち》にやってきた。窪地の縁から窺《うかが》うと、黒門の警戒は厳重を極めていた。フロドが進退について熟考している間、黒門を伺っていたサムは、武装した集団が続々とモルドールに集結しているのを目にする。ゴクリが南方から来た残忍な人間たちだと言うのに対して、サムが尋ねる「じゅうはいるかね？」。「じゅうって何かね？」と、ゴクリ。サムが歌って答える。

鼠《ねずみ》の灰色、
家の大きさ、
蛇のような鼻で
わしが草原ふめば
大地はゆれるよ。
わしが村を通れば、
木々が折れるよ。
口には角《つの》、
わしは南方に住み
大耳をはためかす。
数えきれぬ昔から

わしはのそりと歩きまわり
死ぬ時でさえ、
地面には寝ない。
わしは、じゅうだ。
この世の最大のもの、
堂々と、老いて、山のよう。
一度でもわしに出会ったら、
忘れようとも忘られぬ。
一度も見なけりゃ
わしがいると思われぬ。
だけど、わしは老いたじゅうだ。
嘘じゃないぞう。

王の帰還

マルベスの予言

「死者の道」を行くと主張したアラゴルンは、レゴラスとギムリに、自分と行をともにしてくれるのなら話しておくことがあるといい、語りだした。アラゴルンはオルサンクのパランティアを覗《のぞ》いてみたのだ。かの石を支配し、アラゴルンが見たものは容易ならざる事態だった。海賊たちが南からゴンドールを襲おうとしている。これを撃退するために沿岸地方に出ようとしたら、山脈を抜けられる唯一の道「死者の道」を通らねばならない。そのことは千年以上前に予見されていることだった。北方王国最後の王朝の世に、予見者マルベスはかく語った。

長き影、地をおおいて、
暗黒の翼、西の方にとどく。
塔はゆれ動く。王たちの奥津城《おくつき》に
滅びの日、近づく。死者は目醒《さ》まさる。
そは、誓言《せいごん》破りし者らに
　時いたればなり。

エレヒの石に、ふたたびかれら立ちて、
丘に角笛《つのぶえ》の高鳴る音《ね》を聞かん。
角笛はだれのものぞ？　かれらを呼ぶのはだれぞ？
淡き薄明の中に、忘れられし民を呼ぶは。
その民の誓言せし者の世継なり。
その者、北より来《きた》らん、危急《ききゅう》に駆《か》られて。
かれ、死者の道への戸をくぐらん。

セオデン王追悼の歌

アラゴルンに遅れること二日後の九日、セオデン王はローハン（マーク）の馬鍬谷《まぐわがい》に凱旋《せん》した。その夜、ゴンドールから救援を求める使者が到着した。王は、六千騎を率いて自ら駆《か》けつけると明言する。翌十日、朝は来なかった。モルドールの暗闇が全土を覆ったのだ。セオデン王は、事ここに至り、当初の予定だった隠密行動は捨て、開けた道を全速力で直進することを決意する。こうして、セオデン王率いるローハン軍は発進した。この後何世代にもわたって、ローハンではこの時のことが歌に歌われた。

小暗《おぐら》いこの朝、暗い馬鍬《まぐわ》谷から、
勇士烈 将《ゆうしれつしよう》をひき連れてセンゲルの息子は出《い》で立った。
エドラスの古き館にかれは来た、
霧まとう国守《くにも》りの城館に。
その黄金《こがね》の梁《うつばり》は、暗闇に隠れた。
王は別れを告げた、わが自由の民に、
煖炉《だんろ》に、玉座に、神域に、
光うせるまでは久しく王の宴《うたげ》した場所にも。
王は馬を進めた、恐れを後に、死を前に。
彼の守るは、固い信義——
立てた誓約をことごとく果たそうと、
王は馬を進めた。五日五夜、
エオルの家の子は、東へ東へ進んだ。
谷を越え、沼を渡り、森を抜けて、
スンレンディングへ向かう六千の槍《やり》。
ミンドルルインの麓《ふもと》、不落のムンドブルグへ。
敵に囲まれ、火に取り巻かれた
南王国の海の王たちの城市へ。
滅びの運命《さだめ》が軍を駆《か》った。暗闇が人馬を捕えた。
蹄《ひづめ》の音も遠く沈黙《しじま》に消えた。
——かく出陣の歌はわれらに語る。

＊スンレンディングはローハン語でアノーリエン、ムンドブルグは同じくミナス・ティリスのこと。

ローハン軍進撃の歌

野人の大酋長ガン＝ブリ＝ガンの案内で森を抜けたローハン軍は、本道を粛々《しゅくしゅく》と進んでいった。あたりは、気のめいるような暗闇に取り巻かれている。とうとうランマスの外壁に行き着いた。そこにいた数少ないオークを蹴散《けち》らし、ローハンの騎馬軍はペレンノール野に入った。と、その時とうとうメリーは感じた。風を顔に受けたのだ。そして雲が巻き上がり、ほのかな暁《あかつき》の光が見えた。それと同時に、空に閃光《せんこう》が走り、一大轟音《ごうおん》が野を越えて轟《とどろ》きわたった。これを聞いたセオデン王は、すっくと馬上に背筋を伸ばし、鐙《あぶみ》に足を置いたまま立ち上がって、声高く呼ばわった。

立てよ、立て、セオデンの騎士らよ！
捨身《しゃしん》の勇猛《ゆうもう》が眼《め》ざめた、火と殺戮《さつりく》ぞ！
槍《やり》を振《ふ》るえ、盾《たて》をくだけよ、
剣《つるぎ》の日ぞ、赤き血の日ぞ、日の上る前ぞ！
いざ進め、いざ進め、ゴンドールへ乗り進め！

エオメル覚悟の歌

セオデン王の戦死の後、ペレンノール野の合戦は、さらに激しさを増していった。敵は尽きることなく戦力を投入してくる。このとき、絶望の思いが味方の陣営を駆《か》け巡った。港に海賊船が、風に運ばれてきたのだ。事ここに至りエオメルは明晰《めいせき》さを取り戻した。角笛《ぶえ》を吹かせて残った兵たちを集め、最後の一戦を戦い抜こうとしたのだ。彼はこう口ずさみ声を上げて笑った。

迷妄《めいもう》から出、暗黒から出て、日の上るまで
陽光に歌いながら私は来た、剣を鞘《さや》に納めることなく。
希望の果てるまで胸の裂けるまで、私は馬を進めた。
今は怒りの時、今は滅びの時、赤き夜の来る時。

シェロブ（巨大な毒グモ）に追われるフロド

ペレンノール野へ進撃したローハン軍

西方へ向かうエルフの船

裂け谷でフロド一行を迎えたビルボ

ムンドブルグの塚山の歌

一切の望みが絶たれようとした瞬間、絶望は歓喜に変わった。見よ、海賊船に翻《ひるがえ》るその旗は、ゴンドール王家の旗、かの裂《さ》け谷《だに》の姫アルウェンの手ずからなる旗だった。アラゴルンが、何隻《せき》もの艦隊に援軍を満載して、やってきたのだ。アラゴルン一行は、駆《か》けに駆けて海岸地帯に出、幽霊軍とともに海賊を一掃し、その地方の味方を糾合《きゅうごう》したのだ。アラゴルンの出現で形勢は、一気に逆転した。この後に繰り広げられたのは、歴史に残る大会戦だった。夕陽に空が赤々と染まるころには、このペレンノール野の戦いは終わっていた。冥府モルドール軍の先陣を、一人残らず討ち果たしたのだ。しかし味方の多大な犠牲も強いられた。ずっと後のこと、ローハンの詩人がその詩「ムンドブルグの塚山」でこう歌った。

われらは聞いた、山々に角笛《つのぶえ》の鳴り響くのを、
南の国に剣のひらめきさやぐのを。
軍馬は勇んで行った、ストニングランドへ
暁《あかつき》の風のように。戦いの火蓋《ひぶた》は切られた。
戦場でセオデンは斃《たお》れた、猛《たけ》きセンゲルの子息は、
北方の野の黄金の館《やかた》に、緑なす牧地に、
大軍を統《す》べる王は、ついに帰らなかった。
ハルディングとグスラーフ、ドゥーンヘレとデーオルウィネ、

剛勇《ごうゆう》グリムボルド、
　ヘレファラとヘルブランド、
ホルンとファストレド、この者たちはみな
遠い異郷に戦って倒れた。
大地の下なるムンドブルグの塚山にかれらは眠る、
盟友であったゴンドールの諸侯とともに。
金髪のヒアルインは、海辺のかの山国になく、
老フォルロングは、花咲くかの谷間なる、
おのが故国アルナハに凱旋《がいせん》することなく、
丈高き弓勢《ゆんぜい》デルフィンとドゥイリンとは、
そが故郷《ふるさと》の暗い水の、
　山陰にあるモルソンド湖に戻らなかった。
日の明けと日の暮れとに、死は
王侯と兵らとを選びなく奪った。
今かれらはとこしえに眠る、大河のほとり
ゴンドールの草葉の陰に。
大河は今、涙のようにほの白く、
　時に銀色にきらめくが、
かの時は赤くうねり、おめき咆《たけ》った。
血に染まった水泡が夕陽に燃えさかった。
夕暮れの山々は、烽火《のろし》台のように燃えた。

ランマス・エホールの露は赤く滴《したた》ったのだ。

＊ストニングランドはローハン語でゴンドールのこと。

レベンニンの歌

ペレンノール野の合戦の翌朝、野営地からレゴラスとギムリが、メリーとピピンに会いにやってきた。四人はここに喜ばしく再会した。ピピンの請《こ》いによってレゴラスが、アラゴルンとの不思議な旅の話をする。死者の道を通り抜けた一行は、亡霊たちを従え、エレヒの石まで行き着いた。ここでアラゴルンは亡霊《ぼうれい》の軍勢に大音声で呼びかける。「誓言《せいごん》を破りし者らよ、予に従い来るべし」と。そして、アンドゥイン河畔《かはん》のペラルギアめざし九三リーグの長旅が始まった。三日目に来たリンヒアでモルドールの同盟軍を蹴散《けち》らし、レベンニンの平原を進んだ。レゴラスはレベンニンの平原を歌う。

銀《しろがね》に川は流れる、ケロスからエルイへ、
レベンニンの緑なす野を！
かの野には丈高く草はのび、

海よりの風に、白百合は揺《ゆ》れる。
またマルロスとアルフィリンも、
黄金《こがね》なす鈴をうち振る、
レベンニンの緑なす野に、
海よりの風吹き渡りて。

旅の五日目に、ペラルギアに着いた。そこにはウンバールの主力艦隊、五十隻《せき》の大型船と数え切れないほどの小型船がいた。数において勝り、かつ凶暴《きょうぼう》な敵軍も幽霊部隊の敵ではなかった。みな気も狂わんばかりの恐怖にいたたまれず、水中に飛び込んでいった。黒の大艦隊を掌中《しょうちゅう》にしたアラゴルンは、再び死者たちに呼びかけた。「汝らの誓言《せいごん》は成就《じょうじゅ》した。行きて永遠《とわ》の眠りにつくべし！」と。灰色の大軍は一人残らず突風に追い払われた靄《もや》のように消え去った。翌朝には全艦隊が出帆《しゅっぱん》した。大河の流れに逆らって行く艦隊の進行は鈍かったが、翌未明風が変わった。こうしてアラゴルンたちは順風と顔を出した太陽とともに、ハルロンドの船着場に着いたのだ。そしてあの大いなる日を迎えたのだった。話が終わった一同は、しばしそれぞれの物思いに耽《ふけ》った。

オークの塔でのサムの歌

サムは、もう迷わなかった。自分の居る場所は、愛する主人フロドのそばにしかないと心に決めたからだ。見張りの塔を駆け上ったサムは、負傷し生き残ったオークの隊長シャグラトと渡りあうが、惜しくも逃す。サムはシャグラトを追うのをあきらめ、小塔の上の階へと急いだ。階段を登りきると、しかしそこは行き止まりだった。打ちのめされそうな思いのサムの口から、どういうわけだか歌が漏れる。最初はか細い声だったが、次第に力を増し、朗々と響き渡る歌になった。

お日さまの照る西の国に
　春には花々がほころびるだろう。
木々は芽ぶき、水はほとばしるだろう。
　陽気なひわたちが歌を歌うだろう。
また夜はくまなく晴れて、
　ゆれ動く橅《ぶな》たちが
白い宝石のようなエルフの星を
　生い茂る若枝の間に抱くだろう。

たとえこの身はここ旅路の果てに倒れて

暗闇の底に埋もれようとも、
強固で高い塔の群れをぬき、
けわしい山脈をぬきんでて、
あらゆる陰の上空に、お日さまは上る。
星々も永久に空にかかる。
いうまいぞ、日が果てた、と。
告げまいぞ、星々に別れを。

海の歌

指輪とともに滅びの罅裂《きれつ》へと落ちていったゴクリ。使命を果たし終えたフロドとサムは、オロドルインの溶岩が迫りくる中、気を失ってしまう。二人が目を覚ますと、そこはゴンドールの砦《とりで》イシリエンだった。ガンダルフの依頼で、鷲《わし》の王グワイヒアとその配下が、二人をすくいだしてくれたのだ。ガンダルフの生還を知らなかったフロドとサムは再会を喜ぶ。今日は四月八日、救い出されてから二週間がたっていた。その間、王が二人の手当てをされた。今は二人を待っておられるという。王とはかのアラゴルン。病床を払った二人はコルマルレンの野で、人々の歓呼を浴びる。

フロドとサムの栄誉礼とそれに続く大宴会も果て、この喜ばしい日もようやく終わった。

指輪の仲間は心地よいイシリエンの風そよぐ木々の下に座った。フロドとサムはラウロスの大瀑布《ばくふ》のほとりで一行が離散した後で、みんなの身に起こった話を聞く。眠る時間がくると、レゴラスはこう歌いながら、丘を下っていった。

海に行こう、海に！
　白い鷗《かもめ》が叫び鳴く。
風が吹く。
　白い水沫《みなわ》がとぶ。
西に、果遠く、
　丸い没日《いりひ》が沈む。
船よ、灰色の船よ、
　あの呼び声を聞いたか？
私以前に立ち去って行った
　同胞《はらから》の声を？
私も去ろう。
　　立ち去っていこう、
　私を育てた森を。
われらの日々は終わり、
　われらの年々は尽きるのだから。
大海原《おおうなばら》をただひとり渡って行こう。
最後の岸に落ちる波は、長く、

失われた島に呼ぶ声は、快い。
その島はエレッセア。人間の見いだせぬエルフの故郷。
木の葉の散ることのない、とこしえの同胞《はらから》の地よ。

大鷲《おおわし》の歌

西軍の王たちが出発して七日目、ファラミアとエオウィンは都の城壁の上に立ちつくし、自分たちにもわからぬ何かを待っていた。するとほどなく、遥《はる》かな山並みの上に巨大な黒いものが湧《わ》き起こって、その周りを稲妻が明滅《めいめつ》した。それからずしんと大地に震えが走った。烈《はげ》しい風が起こり、太陽が燦《さん》として輝き出た。都の人々はなぜとも知らず、心にふつふつと喜びが湧き起こるのを感じた。
日没前、東方から大鷲《わし》が飛来《ひらい》してこう叫んだ。

今ぞ歌え、アノールの塔の民よ、
サウロンの国は永久《とわ》に終わり、
　暗黒の塔は毀《こぼ》たれければ。

歌え、喜べ、守護の塔の民よ、

民の見張りは、むだならず、
黒門は　破れ、
王は入城して、
　勝利を得たれば。

歌え、祝え、西国の子らよ、
王は　再臨し、
国民《くにたみ》のいのちある限り、
　ともに住むべければ。

かの枯れし木は、甦《よみがえ》らん。
王はそを高き処《ところ》に植えん。
かくて城市は、祝福されん。

歌え、国民をあげて歌え！

セオデンの歌

とうとう出発の日が来た。セオデン王の棺台《ひつぎ》を先頭に、行をともにするのはガンダルフをはじめとした旅の仲間たち、アルウェン王妃、ケレボルンにガラドリエル、エルロンドとその息子たち、そのほか多くの大将方や騎士たち。

十五日間の旅の後、八月七日に一行はエドラスに着いた。三日後、ローハンの人々はセオデン王の棺を、築いた塚山に葬《ほうむ》った。そのあと王家直属の騎士たちが、白馬にまたがって塚山の周りを巡り、王の吟遊《ぎんゆう》詩人グレーオウィネの作った、セオデンの歌を歌った。

疑念から出、暗黒から出て行き、日の上るまで、
王は日を浴びて歌いながら、剣を抜いて馬を駆《か》った。
王は望みの火をふたたび点《とも》し、望みを抱きつつ果てた。
死を越え、恐れを越え、滅びを越えて
人の世の生死をぬけて、永久《とわ》の栄えに上っていった。

フロドが旅立に際して歌った歌

時は移り、三〇二一年(ホビット庄暦一四二一年)の秋のある日、フロドはサムを呼び、二週間ほど自分と一緒に旅をしてくれないかと頼む。出発の前、フロドはサムに書きためてきたものと、かぎの束を渡す。九月二十一日、ふたりは旅立った。翌二十二日、森の中

を小馬でゆったり進みながら、フロドはそっと歌を口ずさむ。

角を曲がれば、待ってるだろうか、
新しい道が、秘密の門が。
たびたび旅路を通ったものの、
ついにその日がやってくるだろう――
月の西と日の東を通る
隠れたあの小径《こみち》を辿《たど》る日が。

ヴァルダ讃歌

するとこれに答えるように、下のほうから歌声が聞こえてきた。

ア！　エルベレス　ギルソニエル！
シリヴレン　ペンナ　ミーリエル
オ　メネル　アグラール　エレナス、
ギルソニエル、ア！　エルベレス！
この遠い国の木々の下に住んで、

いまもわれら思い出すのは、
西の海に輝くあなたの星の光。

二人が立ち止まると、旅人たちの一行が二人の方へやってきた。大勢の美しいエルフたちだった。中に、風の指輪ヴィルヤをはめたエルロンド、水の指輪ネンヤを指に輝かすガラドリエル、そして一番最後に、小馬に揺られて、ビルボその人がいた。

サムは動転した。何がおころうとしているのか、やっとわかったからだ。この一団は港に旅し、大海のかなたに去ろうとしているのだ、フロドを連れて。「フロド旦那はあんなにみんなのために苦労したのに、ホビット庄の暮らしを楽しむこともできないのか」

愛するホビット庄を守るために、フロドは尽力した。そしてホビット庄は守られた。しかし、そのためにフロドの受けた傷は、深すぎた。ほかの人たちが愛するものを持っていられるように、自らは、放棄する定めだったのだ。

清められて苦悩を伴わない悲しみを心に抱き、一行は、灰色港にやってきた。港には白い船が停泊していた。波止場にいたのは、ガンダルフ。その指に、エルフの三つの指輪の最後の指輪、火の指輪ナルヤをはめている。ガンダルフに出発を知らされたメリーとピピンも馬をとばしてきた。

涙にくれる三人が見送る中、船は帆に風を受け、ゆっくりと遠ざかっていった。こうして、エルフの三つの指輪も中つ国を去った。ここにすべての指輪は消滅し、指輪の物語は幕を閉じる。

本書中、詩以外の物語の概要、語句の注釈は、
評論社編集部が作成した。

J.R.R.トールキン John Ronald Reuel Tolkien
1892〜1973年。南アフリカのブルームフォンテンに生まれ、３歳のとき、イギリスのバーミンガムに移り住む。その年、南アフリカにとどまった父を亡くし、母も12歳のときに失う。苦学して、オックスフォード大学のエクセター・カレッジを卒業。第一次世界大戦に従軍後、リーズ大学教授を経て、1925年からオックスフォード大学教授。中世の英語学と文学を中心に講じた。代表作『指輪物語』（評論社）は、あらゆるファンタジーの原点といわれている。ほかに『ホビットの冒険』（岩波書店）、『シルマリルの物語』『農夫ジャイルズの冒険――トールキン小品集』『妖精物語について――ファンタジーの世界』（いずれも評論社）、また児童向けの作品として『ブリスさん』『サンタ・クロースからの手紙』（ともに評論社）などがある。

指輪物語「中つ国」のうた

二〇〇四年二月一〇日　初版発行
二〇〇四年四月一〇日　二刷発行

●――著　者　J・R・R・トールキン
●――訳　者　瀬田貞二・田中明子
●――発行者　竹下晴信
●――発行所　株式会社評論社
〒162-0815　東京都新宿区筑土八幡町二-二一
電話　営業　〇三-三二六〇-九四〇九
編集　〇三-三二六〇-九四〇六
振替　〇〇一八〇-一-七二九四
●――印刷所　凸版印刷株式会社
●――製本所　凸版印刷株式会社

ISBN4-566-02381-8　NDC930　110p.　200mm×165mm
http://www.hyoronsha.co.jp